おじいちゃんの大切な一日

目次

1・お父さんのナゾの命令

電車が走りだすと、急に胸《むね》がドキドキしはじめた。シャツの胸ポケットに入れた切符《きっぷ》を、さっきもたしかめたのに、またポケットの上から指でさわって、落としていないかどうか確認《かくにん》した。

「終点なんだから、眠《ねむ》くなったら寝《ね》ちゃえばいいのよ」

駅のホームまで見送ってくれたお母さんは笑って言っていたけど、そんなのできるわけない。ボックスシートの窓際《まどぎわ》の席に座《すわ》って、じっと外を見て、悪いオトナに声をかけられないよう気をつけて、一時間ほどの一人旅をがんばれがんばれ、わ・た・し、と自分を励《はげ》ました。

「もうエリカも五年生なんだから、それくらい平気でしょ？　途中《とちゅう》で乗り換《か》えるわけでもないし、向こうの駅にはおばあちゃんも迎《むか》えに来てくれてるんだし」

たしかに、お母さんの言うとおりだ。でも、一人で電車に乗るのなんて生まれて初めてだし、お父さんの田舎《いなか》のウチに一人で泊《と》まりに行くのも初めて。

「夏休みの作文、書くことが見つかってよかったじゃない」

それは、まあ、そうだけど。

電車に乗るドキドキに、おじいちゃんとおばあちゃんに会うドキドキが加わって、のどがかわいてしょうがない。

ペットボトルのお茶を一口飲んだ。おばあちゃんが急須《きゅうす》でいれてくれるお茶って、いつも熱くて苦いんだよなー、とちょっとユーウツになった。

そもそも、自分から「行きたい」と言いだしたわけじゃなかった。お父さんの強い希望。どっちかっていうと、命令に近い。テレビのバラエティ番組の罰《ばつ》ゲームみたいな感じだ。

そう――。

これ、罰なんだと、思う。

わたしは昨日《きのう》、両親に叱《しか》られた。お母さんにお説教されるのはしょっちゅうでも、お父さんにまで叱られたのはひさしぶりだった。

悪いのは——百パーセント、わたしだ。

新しいゲーム機がほしかった。

おもしろそうなソフトがたくさんあって、友だちもみんな持ってるやつ。「クリスマスにサンタさんにお願いしなさい」とお母さんには言われていたけど、待ちきれなくて、ついウソをついてしまった。

「いま持ってるゲーム、こわれちゃった」

もちろん、あっさりばれた。

お母さんに昼間うんと叱られて、夜になって会社から帰ってきたお父さんにも、おっかない顔で「エリカ」とにらまれた。

ひたすら「ごめんなさい！」と謝《あやま》るしかない。お母さんにはそれで許《ゆる》してもらった。お父さんも——「エリカに甘《あま》いんだから」とお母さんにいつも言われてるぐらいだから、なんとか乗り切れるだろう。

でも、わたしの正面に座ったお父さんは、意外なことを言った。

「ウソをついたのも悪いけど、もっとよくないことがあるんだぞ」

「……なに？」

「もしもウソがばれなかったら、古いゲーム機はどうするつもりだったんだ？」

「それは……だから……捨《す》てちゃって……」

お父さんは怒《おこ》らなかった。そのかわり、寂《さび》しそうで悲しそうな顔になってしまった。

「使えるのに捨てちゃうのか」

「……だって……新しいのがあるんだし……」

「なあ、エリカ、ゲーム機って、なんでみんな同じ形してるんだろうな」

「はあ？」

THE

「ビミョーなカーブがあったり、ケースとケースが隙間《すきま》もなくてぴったりくっついてたりするのって、考えてみたら、すごいと思わないか？　感動しないか？」

お父さんはまじめな顔だった。でも、わたしにはよくわからない。「感動」と言われても全然ピンとこない。

「だって、工場のロボットが作るんでしょ？　ロボットが作ったモノはみんな同じ形になるんじゃないの？」

「じゃあ、その工場のロボットは、どうやって作るんだろうな」

「だから、その……ロボットを作るロボット、ってのがいるんじゃないの？」

「そうだ」

お父さんはまじめな顔のまま大きくうなずいて、さらに「ロボットを作るロボットは、どうやって作るんだ？」と聞いてきた。

「……だから、『ロボットを作るロボット』を作るロボットがいて……そのロボットも、『ロボットを作るロボットを作るロボット』を作るロボットが作ってて……」

頭がこんがらかってきた。

うーん、うーん、と困《こま》ってしまったわたしを見て、お父さんはやっと笑った。

そして、「エリカ、明日《あした》、おじいちゃんとおばあちゃんのウチに泊まりに行ってこいよ」と言ったのだ。「どうせ夏休みなんだし、おばあちゃんにはお父さんが電話しとくから」

もっと頭がこんがらかってしまった。なぜって、もともとあさってには家族三人で泊まりに行く予定だったんだから。

わたしだけ先に――？　一人で――？　なんで――？

お父さんはさっそく別の部屋《へや》に入っておばあちゃんに電話をかけた。長電話になった。「エリカに見せてやりたいんだ」という声が聞こえたけど、なにを見せたいのかはわからなかった。

お母さんは、きょとんとするわたしにリュックサックを差し出して、「はい、これ、着替《きが》えはもう入れてあるからね」と笑った。最初からお父さんと作戦を立てていたようだ。

わたしはワケがわからないままリュックサックを受け取った。

それが、ゆうべのできごとだった。

お父さんもお母さんも、結局なにも理由を教えてくれなかった。

田舎の駅に迎えに来てくれたおばあちゃんも、「今夜はごちそうだよ」と、にっこり笑うだけで

——ウチに着いてすぐにいれてくれたお茶は、やっぱり熱くて苦かった。

2・フシギな夢《ゆめ》

その夜の晩《ばん》ごはんはおばあちゃんと二人で食べた。おじいちゃんは仕事だ。

「今夜は遅《おそ》くなるって言ってたから、エリカちゃん、先にお風呂《ふろ》に入って寝ちゃいなさい」

「……うん」

なんだかミョーな気分だった。おじいちゃんは工場で働いている。それは前から知っていたけど、「仕事をするおじいちゃん」というのが、うまく想像できない。家族で泊まるのは毎年お盆《ぼん》やお正月だけなので、おじいちゃんはいつも朝からウチにいた。お酒をちびちび飲みながら両親とオトナ同士でしゃべっている姿《すがた》しか思い浮《う》かばない。

「おじいちゃんって、工場でなに作ってるの？」

晩ごはんのあと、洗濯物《せんたくもの》にアイロンをかけていたおばあちゃんに聞くと、「工作機械だよ」と教えてくれた。

「工作機械って？」

「機械のお母さんのこと」

「お母さん？」

「そう、工作機械っていうのは、いろんな機械を作るロボットなの。だから、機械のお母さん。英語でも、ちゃんと『マザー・マシン』っていう言い方があるのよ」

ゆうべのお父さんの話と――つながった。

ふうん、とうなずいて、おばあちゃんの手元を見た。ポケットがたくさんついたベージュ色のズボンをアイロン台にのせたところだった。オイルの染《し》みがあちこちについた、カンロクたっぷりのズボンだ。

「これ、おじいちゃんのズボン？」

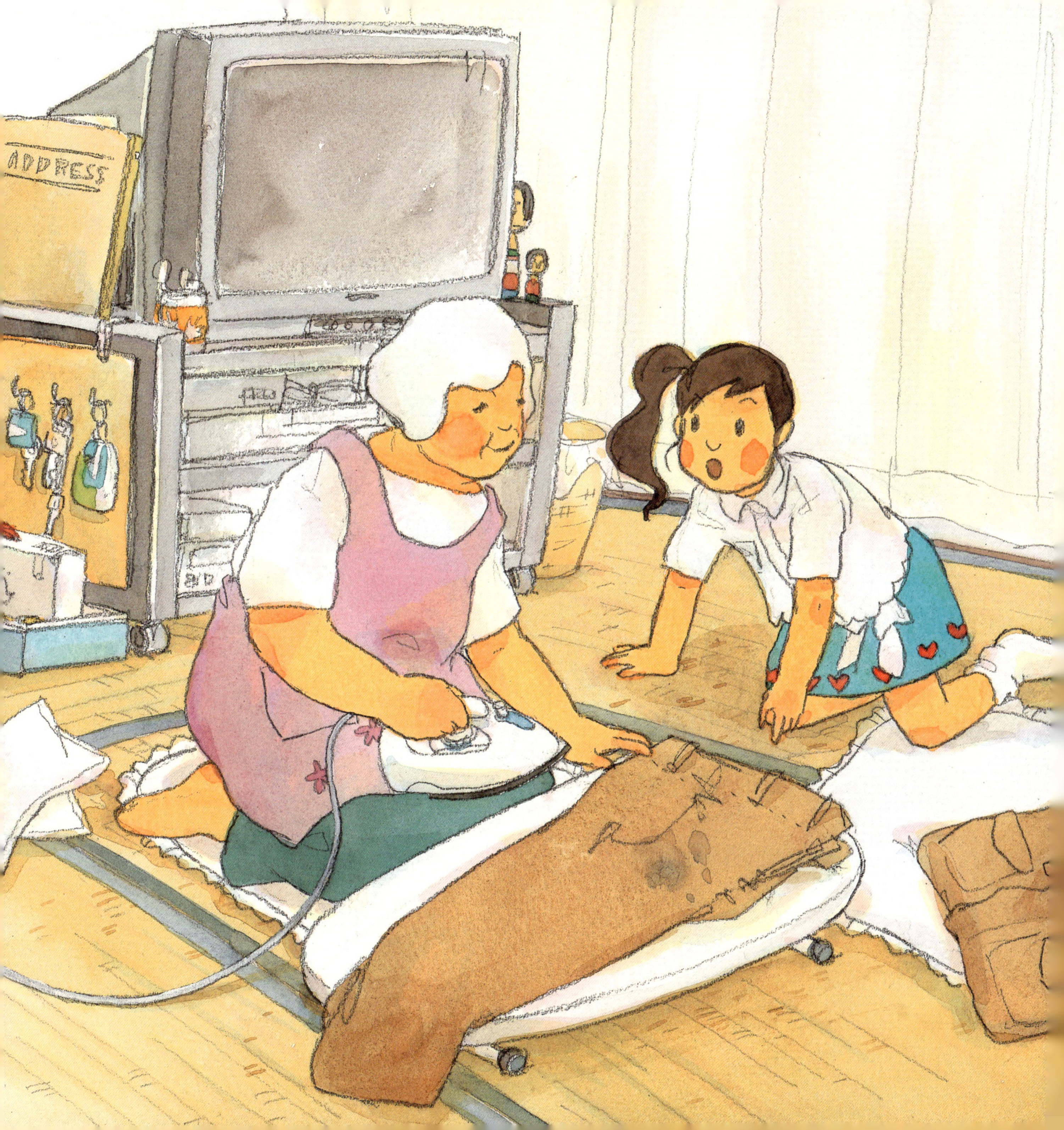
ADDRESS

「そうよ。お仕事のときにはく作業ズボン。上着とおそろいなの」

おばあちゃんはズボンを広げて両手で持ち上げ、「ほら、見てごらん、ここ」と指差した。ズボンの前側だ。右足の付け根の、ちょっと上のほう。よく見ると、そこだけ、生地《きじ》が傷《いた》んでほつれかけていた。

「長年仕事をしてるとこうなるの。おじいちゃんの勲章《くんしょう》みたいなものよ」

おばあちゃんは誇《ほこ》らしげに言って、生地の傷んだところにていねいにアイロンをかけた。

「なんでそこだけボロボロになってるの?」

「あたるの」

「なにが?」

「キサゲの柄《え》の端《はし》っこをここにあてて、グッと前に押《お》すのよ。それを毎日毎日ずーっとやってると、柄があたったところだけ、こんなふうに生地が傷んじゃうの」

「……キサゲって、なに?」

初めて聞く言葉だった。工作機械を作るのとなにか関係があるんだろうか。

おばあちゃんはフフッと笑って「エリカちゃん、知りたい?」と聞き返してきた。いたずらっぽい笑い方――ゆうべのお母さんの笑い方とちょっと似《に》ていた。

「明日になればわかるわよ」

「なんで?」

「いいから、はい、もう九時過ぎてるんだから、エリカちゃんは寝なさい」

なんなの――?

ワケがわからない。


頭の中がモヤモヤしたまま、客間に敷《し》いてもらった布団《ふとん》に入った。

おじいちゃんが帰ってくるまで起きていて「おやすみなさい」を言いたかったけど、横になって目を閉《と》じたとたん、すうっと眠りに落ちてしまった。

夢を見た。工場の夢だった。もちろん、工場の中を実際《じっさい》に見たことなんて一度もないから、マンガやドラマやゲームに出ていた工場の風景がごっちゃになって夢の世界に登場したわけだ。

広ーい場所だった。大きな機械がたーくさんあった。ベルトコンベアとか、クレーンとか、アームのついたロボットとか、いろんな機械がひっきりなしに動いている。

ちょっと怖《こわ》かった。なんでだろう。機械が大きすぎるせいだろうか。機械には顔がなくて、なにを考えてるのか全然わからないせいだろうか。もしも工場の中の機械がぜんぶ故障《こしょう》して、暴走《ぼうそう》したら、人間には止めることなんてできなくて、最後は地球がメツボウしちゃって……マジ、ヤバいじゃん、怖いよ、と夢の中でわたしは心配しつづけていた。

工場には人間もいた。その中にはおじいちゃんだっているはずだけど、みんな同じヘルメットをかぶり、同じ作業服を着ているので見分けがつかない。

なんか、ちっちゃいな、人間って。

機械が大きすぎるせいで、人間がすごく弱っちく見える。機械を操作《そうさ》しているのは人間なのに、機械に負けてるっていうか……。

おじいちゃん、がんばれ。

夢の中で応援した。でも、誰《だれ》がおじいちゃんなのか、よくわからない。それが、すごく悔《くや》しくて、悲しくて、寂しかった。

工場の夢が終わって、真っ暗な眠りの世界に戻《もど》った。

おじいちゃんの声が聞こえる。「ただいま」と言っている。「ヒデのやつ、最後は泣いちゃって大変だったよ」——ヒデって誰のことなんだろう。

「お疲《つか》れさまでした」

おばあちゃんの声だ。ってことは、これ、夢じゃなくて、ホンモノの会話なのかも。

おじいちゃんは笑って「まだ早いよ、明日もあるんだから」と言った。

「明日、エリカちゃんのこと、よろしくね」

「うん、わかってる」

明日——。

7
4
5
3
2
3320 11 33 42
2

なんなんだろう、ほんとうに。

起きて聞こうかな、キサゲのこともわからないままだし、おじいちゃんの顔も見たいし……

と思いながら、わたしはまた眠り込《こ》んでしまった。


おばあちゃんがいたずらっぽく笑っていた理由は、朝になってわかった。

「エリカちゃん、起きなさい、ほら、早く早く、遅刻《ちこく》しちゃうよ」

揺《ゆ》り起こされて時計《とけい》を見ると、まだ七時前だった。

「……夏休みだよ、おばあちゃん。学校お休みなんだから」

寝ぼけまなこのわたしの耳元で、おばあちゃんは「今日《きょう》はお休みじゃないの」と言った。「おじいちゃんと一緒《いっしょ》に、エリカちゃんもお仕事に行くんだよ」

「……え?」

「おじいちゃんに工場に連れて行ってもらうんだから、ほら、早く起きて」

マジ——?

3・今日はおじいちゃんの……

バスに乗って工場に向かうおじいちゃんは、お盆やお正月に会うときよりもキリッとしていた。服はスウェットの上下じゃなくて背広《せびろ》だし、もちろんお酒も飲んでいないし、バスの中で「揺れるからしっかりつかまってろよ」とわたしに言う声も、お正月の「エリカちゃん、あけましておめでとう」の声よりずっとひきしまっている。

バスがカーブで大きく揺れたとき、手をつないでもらった。びっくりしておじいちゃんの手って大きくて、指も太くて、ゴツゴツしてるんだ、と初めて気づいた。おじいちゃんを見上げると、体ががっしりしていることにも気づいた。会社でもウチでもパソコンばっかりいじっているお父さんより、たくましそうに見える。お正月にはお酒に酔《よ》っぱらっておばあちゃんに叱られたおじいちゃんなのに……実力、隠《かく》していたのかも。

なによりもびっくりしたのは、バスに乗ってくる同じ工場のひとが、みんなおじいちゃんにあいさつしていたこと。

「イシさん、おはようございます」「イシさん、ゆうべはどうも」――ウチの名字は「石川」だから「イシさん」なんだな。それだけのことなのに、おじいちゃんが急にカッコよく見えてきた。

「イシさん……この子、お孫さんですか？」

若いお兄さんが、わたしを見て言った。

思わずギュッとおじいちゃんの手を握《にぎ》りしめると、おじいちゃんはぶあつい手のひらでわたしの手を包み込むように握り返して、「ああ」とお兄さんに笑った。「最後だから、連れてきた」

最後――？

お兄さんはそれを聞いて、あ、そうか、という顔になって、頭をぺこりと下げた。

「イシさん、長年お世話になりました」

長年、って――？

「オレ、ほんと……イシさんに一から仕事を教えてもらって……まだ、なにも恩返《おんがえ》しできなくて……」

そばにいたひとたちも、みんな、そうそうそう、とうなずく。しみじみとおじいちゃんを見ているひともいたし、感慨深《かんがいぶか》そうな微笑《ほほえ》みを浮かべるひともいた。

「そんなことないさ、オレはべつになにもしてないよ」

おじいちゃんはぶっきらぼうに言って、「ただ毎日毎日、仕事をしてただけだ」と付け加えた。

でも、みんなはおじいちゃんの照れ隠しをちゃーんと見抜いていて、バスの中はしんみりとした雰囲気《ふんいき》になった。

これって、なんだか――卒業式とか、友だちが転校しちゃう日とか……。

あっ、と声が出そうになった。あわてておじいちゃんを見上げると、おじいちゃんもわたしを見ていた。

「ね、おじいちゃん、ひょっとしたら……定年なの？」

おじいちゃんは、「ああ、今日が六十五才の誕生日《たんじょうび》だからな」とうなずいて、ほんのちょっとだけ寂しそうに笑った。

知らなかった。

だから、今日は平日なのに、お父さんもお母さんも「お疲れさまでした」を言うために泊まりに来るんだ。なるほど。

お父さんがわたしを一足先に田舎に行かせた理由も、きっと、おじいちゃんが工場で働いているところを見られるのは今日が最後だから。なんとなく、なるほど。

でも、それが、おととい ウソをついて叱られたこととどんな関係があるのかは――まだ、「なるほど」と言えるほどにはわからないけど。

バスは高台の工業団地《だんち》に入った。街路樹《がいろじゅ》が植えられた幅《はば》の広い道路の両側に、たっぷりと敷地《しきち》をとった工場が並《なら》んでいる。

おじいちゃんと工場のひとたちとの会話によると、おじいちゃんが新入社員だった頃《ころ》は工業団地はまだできたばかりで、空き地もたくさんあったらしい。街路樹もいまほど大きくなかった。四十七年前の話だ。いまは、街路樹の幹《みき》は太くなって、葉っぱもあおあおと繁《しげ》っている。

すごいんだな、四十七年っていう年月。それをずっと働きつづけたおじいちゃんもすごい。なにしろお父さんが生まれる前から働いてるんだから――あたりまえだけど。

でも、ふと思った。

四十七年前だと、まだ工場でも手作業っぽい仕事がたくさんあっただろう。おじいちゃんみたいなベテランが、ワカゾーには真似《まね》のできない職人《しょくにん》ワザを発揮《はっき》するところって、いっぱいあったはずだ。だけど、いまはどうなんだろう。ぜんぶコンピュータが管理して、大きな機械が人間なんて放っておいて黙々《もくもく》と仕事をして……ゆうべの夢で見た工場の風景を思いだして、急に悲しくなった。

「エリカちゃん、次で降《お》りるぞ」

おじいちゃんに声をかけられたので、思いきって聞いてみた。

「ねえ、おじいちゃん。仕事って、ずーっと楽しかった?」

一瞬《いっしゅん》きょとんとしたおじいちゃんは、「ああ」と大きくうなずいた。「ずーっと楽しかったぞ」

「ほんと?」

「ほんとさ」

ニコッと笑って言ったとき、バスが停留所《ていりゅうじょ》に停《と》まった。「さあ、降りよう」と降車口《こうしゃぐち》に向かって歩きだしたおじいちゃんの顔は、またさっきのキリッとした表情《ひょうじょう》に戻っていた。

4・機械ってすごい！

工場は想像《そうぞう》していた以上に大きかった。小学校の体育館をいくつもくっつけたみたいに広いし、あっちこっちに隣《となり》の建物につづく出入り口があって、迷子《まいご》になったら三日間ぐらい行方《ゆくえ》不明になってしまいそうだった。

「はい、これ、かぶって」

作業服に着替えたおじいちゃんにヘルメットを渡《わた》された。工場見学というより、探検隊《たんけんたい》のメンバーになったような気分だ。

おじいちゃんの隣には、でぶっちょのおじさんもいた。初対面なのに、まるで昔からの知り合いみたいにニコニコ笑ってわたしを見て、「エリカちゃんだよね、おじいさんからよく話を聞いてるよ」と言った。「目の中に入れても痛《いた》くないほどかわいいんだ、って」

おじいちゃんは照れくさそうな顔になって、早口でおじさんのことを紹介《しょうかい》してくれた。

工場長さんだった。今日わたしが見学することを特別に許してくれて、おまけに、仕事のあるおじいちゃんに代わって、工場の案内までしてくれるらしい。

おじいちゃんは申し訳《わけ》なさそうに「悪いなあ、忙《いそが》しいのに」と言ったけど、工場長さんはにこやかに笑って首を横に振《ふ》った。

「イシさんには難《むずか》しい仕事を数えきれないほど助けてもらったんですから、それくらい、よろこんでやらせてもらいますよ」

フシギだった。工場長さんはこの工場でいちばんエラいはずなのに、おじいちゃんに敬語をつかっている。おじいちゃんのほうが年上だから、だろうか。でも、そうじゃなくて、工場長さんの口ぶりや表情は、心からおじいちゃんを尊敬《そんけい》しているような感じだ。

おじいちゃんが持ち場に向かうと、わたしはさっそく工場長さんに聞いてみた。

「助けてもらったって……それ、昔のことなんですか?」

するると、工場長さんは「昔からいままで、ずーっとだよ」と答えた。「昨日だって、イシさんが最後に仕上げてくれなかったら、仕事が終わらないところだったんだ。イシさんはウチの工場のエースなんだから」

「今日で定年退職なのに?」

エースって、もっと若いひとのことを言うんだと思っていた。それに、機械なんて誰でもスイッチを押せば扱《あつか》えるんじゃないの?

でも、工場長さんは「どんなにコンピュータで便利になっても、長年の経験《けいけん》がモノを言う仕事はたくさんあるんだよ」と言った。

ゆうべはおじいちゃんの送別会だった、と工場長さんは教えてくれた。工場で一緒に働いてきた仲間がたくさん出席して、にぎやかな会になった。でも、どんなににぎやかでも、やっぱり寂しい会だ。特に、おじいちゃんに仕事を教わっていた若いひとにとっては。

「最後に泣いちゃったヤツもいたんだぞ」

「……ヒデっていうひと、ですか?」

「へえーっ、よく知ってるなあ」

やっぱり、ゆうべのアレ、夢じゃなかったんだな。

ヒデさんは入社三年目のハタチのお兄さんらしい。おじいちゃんが班長をつとめるキサゲ班のいちばん若手《わかて》——最初は不器用だったヒデさんは、おじいちゃんに一から仕事を教え込まれて、やっと半人前になったのだという。

「まだ一人前じゃないんですか?」

「ああ。キサゲは特に難しいから」

「で、キサゲって、なんですか?」

工場長さんは「その前に工場をぐるっと回ってみよう」と言って歩きだした。

工場は、学校の体育館の何倍も広い。でも、その広さを一瞬忘《わす》れてしまうほど、機械も大きくて、ゴツい。

あっちでは、高い天井《てんじょう》からクレーンが降りてきて、いかにも重たそうな金属《きんぞく》のかたまりを運んでいる。こっちでは、モーターがうなりをあげて回っている。ガチャン、ガチャン、と巨大《きょだい》ロボットの足音みたいな音が甲高《かんだか》く響《ひび》いたかと思うと、ゴオオオオーッと地響きのような低い音が反対側から聞こえてくる。

でも、機械のゴツさのわりには、工場の中は静かだ。どんなに大きな音がとどろいても、床《ゆか》は全然震《ふる》えない。

立ち止まって、床を軽くトントンと踏《ふ》み鳴らしてみた。固くて、ぶあつくて、ひんやりとして、なにがあってもまかせとけ、という頼《たの》もしさあふれる床だ。

「どうしたの？」

振り向いて聞いた工場長さんは、わたしが返事をする前に、ははーん、と笑った。

「この床、じょうぶだろう？　少々の地震《じしん》じゃびくともしないんだぞ」

得意そうに言う。自慢《じまん》するのって、あんまりよくないと思うけど。

「それに、専用《せんよう》の機械で測《はか》ったらよくわかるんだけど、デコボコや傾《かたむ》きが全然ないんだ」

「水平ってことですか？」

「そうそう、よく知ってるなあ。あと、工場の中って涼《すず》しいだろ？　この温度もテキトーに決めてるわけじゃないんだ。春夏秋冬、一年間ずっと同じ二十三度で、湿度《しつど》のほうもちゃーんと一定になってるんだよ」

すごい。

とはいえ、そんなに「えっへん」と胸を張《は》って自慢することないと思う。この工場長さんって、意外といばりんぼうなのかも。

なんかヤだなと思ったけど、おじいちゃんがお世話になってるんだから、と気を取り直して、

「そんなに細かく決まってるんですか？」と話を合わせた。

「そりゃあそうさ」――ほら、また、いばりんぼ。

「みんなが快適《かいてき》に仕事できるように？」

16

すると、工場長さんは「うーん」と苦笑《くしょう》交じりに首をひねった。「それもあるけど、もう一つ、もっと大事な理由があるんだ」

「なに?」

「機械のためだよ」

思わず「はあ?」と聞き返してしまった。だって、機械は人間と違《ちが》って、暑いとか寒いとか関係ないはずだし。

でも、工場長さんは、工場の中に並ぶ大きな機械を見わたしながらつづけた。

「みんな生きてるんだ」

「……って?」

「エリカちゃんは、機械には命がないと思ってるだろ」

「うん……だって……」

ふつう、誰だってそう思う。機械は生き物じゃないから機械——なんじゃないの?

工場長さんは「みんなそう思い込んでるんだけど、ほんとは違うんだ」と、ちょっと悔しそうな顔になって、わたしを機械のそばに連れて行った。

「これ、さわってごらん」

太くて長い鉄の棒《ぼう》に触《ふ》れた。ひんやりしてる。固い。あたりまえだけど。

工場長さんは、まるでかわいがっている子猫《こねこ》の背中《せなか》をなでるように、鉄の棒をさすりながら言った。

「鉄の形はどんどん変わるんだ。真っ赤《まか》に熱したら、びっくりするほどグニャグニャに曲がっちゃう。だから、鉄はいろんな形に加工できるんだ」

それは、わかる。

「でも、真っ赤かにならなくても、鉄はずっと形を変えつづけてるんだ。温度がちょっと上がったり下がったりするだけで、伸《の》びたり縮《ちぢ》んだりするんだよ」

「どれくらい変わるんですか?」

「一、二ミリぐらいかな」

なーんだ、と笑ってしまった。だって、ほんのそれくらい、どうってことないじゃん。

ところが、工場長さんは真剣な顔で「機械の寸法《すんぽう》が一ミリ違ったら、大変なことなんだよ」と教えてくれた。

たとえば、ネジを取り付ける穴《あな》が一ミリずれていたら、ボルトの太さが一ミリ違っていたら、部品をはめ込むデコボコが一ミリ浅かったり深かったりしたら……。

「こういうのも、作れないんだ」

工場長さんは作業服の胸ポケットから携帯《けいたい》電話を取り出した。まるっこいデザインがかわいいガラケー。

「これ、ウチの工場の機械で作ってるんだよ」

「そうなんですか?」

「スマホの時代になっても、まだまだファンが多いんだ。こーんなに小さなサイズなのに、たくさん部品が使われてる。その部品のサイズが一ミリ……いや、違うな、〇・一ミリでもずれてたら、使えなくなっちゃう。誤差《ごさ》っていうんだけど、知ってるかな」

「聞いたこと、あります」

「誤差があると、機械は正しく組み立てられないし、こわれちゃうことだってあるんだ。ケースだってそうだ。ここのまるっこいところのカーブがほんのちょっとずれちゃっただけで、隙間ができて、やっぱり組み立てられなくなっちゃう。しかも、何万台も作った中のどの一台を取ってもぴったりにならないといけないわけだ。それって、よーく考えてみたら、すごいことだと思わないか?」

おとといの夜、お父さんに言われたことと似ている。あのときはきょとんとするだけだったけど、いまは素直《すなお》に、本気で、「すごいです」とうなずくことができた。

「すごいよな、携帯電話って。こんなにちっちゃいのにたくさん部品が詰《つ》まってて、いろんなことができて」

「はい」

「じゃあ、そのすごい携帯電話を作る工作機械って、もーっと、もーっと、すごいと思わないか?」

思う思います、と何度もうなずいた。

すると、工場長さんは「だろ?」と得意そうに笑って、「すごいんだぞお、ウチの工場で作る機械は」と、また鉄の棒をなでた。

なるほど、とわたしも笑った。

いまわかった。工場長さんが自慢しているのは、いばりたいからじゃないんだ。

ここで作っている工作機械のことがほんとうに大好きで、「みんなすごいぞ!」とほめてあげたいと思っているから、わたしにもそのすごさを伝えたいんだ。

「〇・一ミリでも誤差のないように携帯電話を作るには、それを作る機械にだって誤差があるとダメだろ?」

だから、鉄が伸びたり縮んだりしないよう、温度や湿度を一定に保《たも》っている。機械を組み立てるときにも、計算どおりに仕上がってくれよ、頼《たの》むぞ、厳《きび》しい条件《じょうけん》だけどがんばってくれよ、と祈《いの》るように仕事をしている。

「生き物と同じなんだよ、鉄や機械は」

工場長さんはさっきの言葉をもう一度繰《く》り返して、「人間が愛情を込めて付き合っていれば、どんなものだって命を持つんだ」と、オジサンは思うんだ」と笑った。

その言葉を聞いて、笑顔《えがお》を見た瞬間――。

胸がキュッとすぼまった。

おととい、両親に叱られた理由が、やっとわかった。お父さんとお母さんは、腹を立てていたんじゃなくて悲しんでいたんだということにも、気づいた。でも、いちばん悲しい思いをしていたのは、わたしのウソで捨てられてしまいそうになった古いゲーム機だったのかもしれない。

しょんぼりとうつむいてしまった。顔を上げられなくなった。

「エリカ、ゲーム片《かた》づけなさい」――お母さんに口癖《くちぐせ》のように叱られていた。

わたしの答えはいつも「あとで」だった。

「ゲームを床に出しっぱなしにしてると、踏んだらこわれちゃうぞ」――お父さんにもしょっちゅ

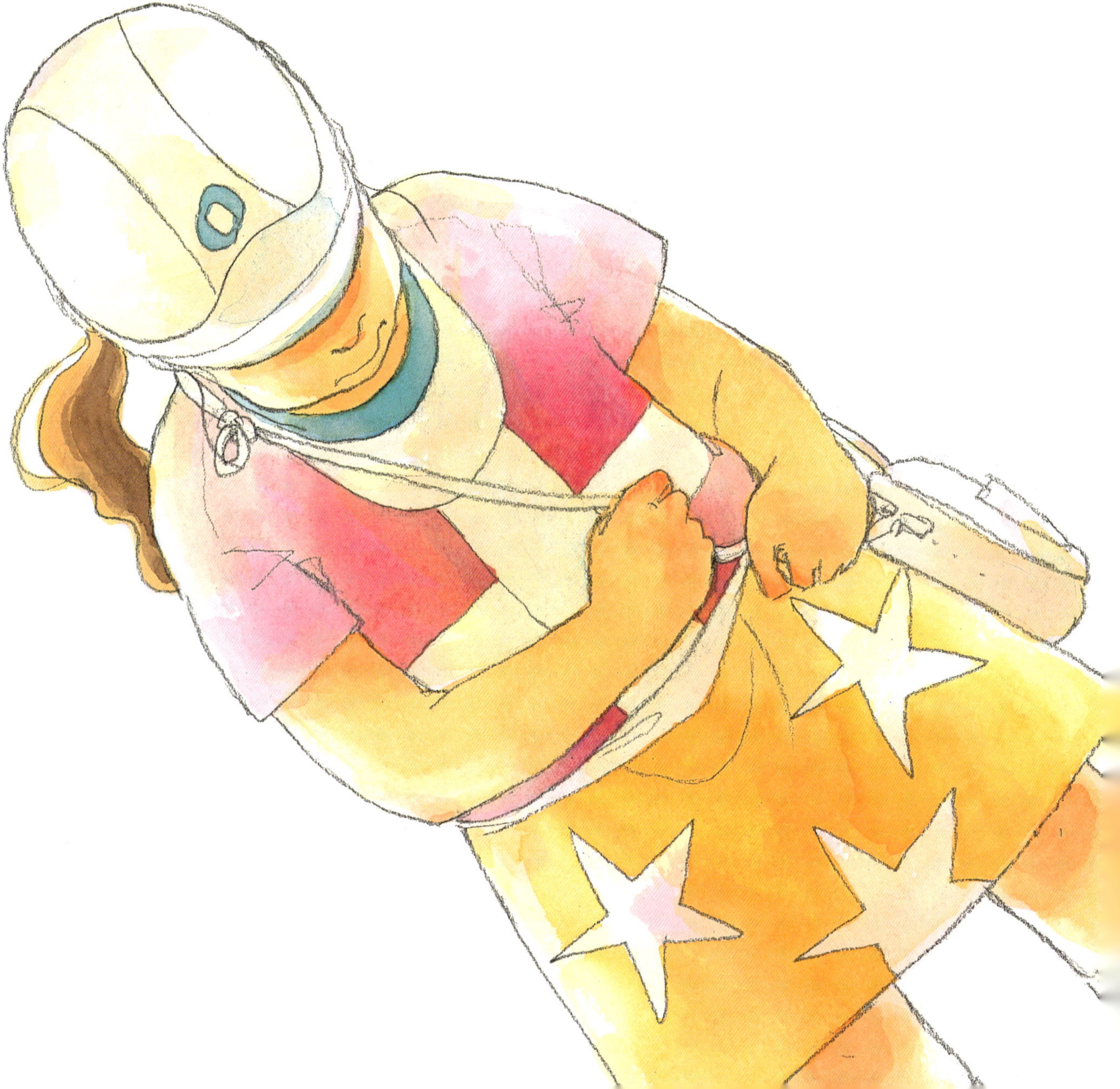

う言われていた。

片づけが面倒《めんどう》なときは、「べつにいいよ、こわれても」と言い返していた。

ごめんなさい。

お父さんにも、お母さんにも、それから、ゲーム機にも……。

肩《かた》をポンとたたかれた。

「エリカちゃん、行こう」

工場長さんは、さあ、とわたしをうながして歩きだした。

「隣の建物で、おじいちゃんが仕事してるから、ちょっとのぞいてみよう」

「はい……」

「キサゲの秘密《ひみつ》、いよいよわかるぞ」

いたずらっぽく笑う。

ひょっとしたら、工場長さんはゆうべのおばあちゃんとの話もぜんぶ知っているのかもしれない。

そんな気が、ふと、した。

5・人間はもっとすごい！

いったん外に出て、隣の建物に向かった。中庭を横切る形の通路は、植木の緑や色とりどりの花に囲まれて、セミしぐれが降りそそぐ、公園の遊歩道みたいだった。

「どうしたの？　意外そうな顔して」

「だって……」

工場という場所は、もっと灰色《はいいろ》っぽいと思っていた。煙《けむり》がもくもく上がって、機械の音が大きく鳴りひびいて、汚《よご》れた水が海や川にどんどん流れ込んで、工場の中も外もオイルでべとべとしているんだと思い込んでいた。

それを伝えると、工場長さんは、あははっ、と笑った。

「エリカちゃんは工場の中に入るのは初めてだよね。近所にも工場はないの？」

「ニュータウンに住んでるから、マンションや一戸建ての家ばっかり」

「そっか……」

ちょっと残念そうな顔になった工場長さんは、「エリカちゃんが想像してる工場は、うーんと昔のものだよ」と言った。「いまはちゃんと、まわりの自然のことも考えてる」

「カンキョーですか？」

「そうそう、環境だよ。工場のまわりの環境もそうだし、工場の中だって、とっても清潔《せいけつ》だっただろ？」

「はい」

「工場でいちばん目立つのは機械だけど、主役は人間だからな。人間の働く場所には、緑のうるおいだって必要なんだ」

主役は人間――って？

「あ、また意外そうな顔をしてるな」

「うん……だって……」

「さっきも言わなかったっけ？　どんなにコンピュータが発達して、便利になって、ひとの手を借りなくてもいい仕事が増《ふ》えても、最後の最後は人間なんだ。人間が作るんだよ、機械は」

って言われても。

なんとなくわかりそうな気もするけど、やっぱりよくわからない。

「ま、おじさんが説明するより、おじいちゃんのキサゲを見たほうが早いよ」

そう言って顔を上げた工場長さんは、「おっ、ナイスタイミング」とつぶやいて、空のてっぺんを指差した。

まぶしい空のずっと遠くに、飛行機が見えた。

「あの飛行機の部品も、ウチの工場で作った工作機械を使って作ってるんだよ」

「そうなんですか？」

「ああ。小さな携帯電話の部品を作るのも難しいけど、飛行機だって難しいんだ。部品の具合《ぐあい》がちょっとでも悪かったら大事故《だいじこ》になっちゃうんだから」

「ですよね……」

「で、その工作機械は、おじいちゃんたちキサゲ職人さんがいないとできあがらないんだ」

「なんで？」

「機械やコンピュータよりも、人間のほうがすごいことができるんだ、ってことさ」

どうだ、びっくりしただろう、と工場長さんは胸を張って笑った。

もう、いばりんぼなんかじゃない。工場長さんの笑顔は、通路の横の花壇《かだん》に咲いているヒマワリよりもまんまるだった。

今度の建物は、さっきよりさらに広かった。動いている機械も大きい。

でも、工場長さんの話を先に聞いてから足を踏み入れたせいだろうか、どんなに機械が大きくても、その機械を操作するひとたちの姿がはっきりと見える。ゆうべの夢だと、機械に囲まれて働くひとたちは悲しいほどちっぽけだったけど、全然そんなことない。

ふとっちょのおじさんがいる。茶髪《ちゃぱつ》のイケメンっぽいお兄さんがいる。メガネをかけてパソコンを操作しているお兄さんもいれば、機械の下にもぐり込んで仕事をしているお兄さんもいる。ボタンを押してクレーンを操作するお兄さんは「よーし、いいぞいいぞ、その調子」というふうにクレーンを見つめて、ベテランのおじさんは「いやいや、まだまだだ」という厳しい顔でチェックする。

なんだか楽しそうだな。

みんな楽しそうに仕事してるんだな。

「エリカちゃん、どうしたの?」

「うん……仕事って、大変なんですよね」

「そりゃあそうさ」

「でも、なんか、楽しそう」

遊びで楽しんでるっていうんじゃなくて、大変なんだけど元気っていうか、おしゃべりなんてしてないのに笑い声が聞こえてきそうっていうか……。

うまく説明できないから思いつくままに言ってみると、工場長さんは、わかるわかる、とうなずいてくれた。

「エリカちゃんは、学校の図工の授業《じゅぎょう》は好きなのかな」

「わりと……好きなほう。体育のほうがもっと好きだけど、算数や理科より好き」

「図工が好きだっていうのは、見込《みこ》みあるぞ」

「そうですか?」

「だって、図工っていうのは、絵でも工作でも、なにかを作る授業だろ?」

言われてみれば、たしかにそうだ。

「作ることは、なんでも楽しいんだ」

あ、それ、わかる感じする。

「しかも、自分が作ったものがみんなによろこんでもらえたら、もっと楽しくならないか?」

「なります、うん」

ギプ摺合台

「世の中の役に立ったら？」

「サイコー！」

思わずはずんだ声で答えたら、工場長さんは、いいぞっ、と大きくうなずいて、工場をぐるっと見回した。

「だから、ウチの工場のみんなは楽しそうに仕事をやってるんだよ」

「……おじいちゃんも？」

「もちろんさ」

バスの中で、おじいちゃん本人もそう言っていた。でも、おじいちゃんって、ふだんはあんまり笑ったりしない。仕事の話もしない。楽しそうになるのって、お酒を飲んだときだけだし……。

「エリカちゃんにも、もうすぐわかるよ。仕事中のおじいちゃんをよーく見てたら、絶対《ぜったい》にわかるよ、きみにも」

工場長さんは、笑いながら、自信たっぷりに言った。


工場はとにかく広い。なかなかおじいちゃんの持ち場にはたどり着けない。

でも、そのかわり、歩いているとたくさんのひとに声をかけられた。

「イシさんのお孫さんだって？」「何年生？」「目元がよく似てるね」「おじいちゃんって優《やさ》しい？」「こんなにかわいいお孫さんがいるんじゃ、イシさんも長生きしなくちゃなあ」「ケッコンするとき泣いちゃうんだぜ、イシさんは」「わかるなあ、それ」……。

おじいちゃんって、人気者なんだな。それに、みんなから尊敬されてるって感じ、伝わってくる。

わたしの知らなかったおじいちゃんが、工場にいる。

もうすぐ会える。

「そこの奥《おく》のコーナーだよ、おじいちゃんの持ち場は」

いた――。

おじいちゃんは、わたしたちに背中を向けて仕事をしていた。

「おじいちゃん、来たよ！」――と駆《か》け寄《よ》るつもりだったけど、声が出なかった。ダッシュすることもできなかった。

おじいちゃんの背中、大きかった。

ウチで見るときとは全然違う。お酒を飲んだり、わたしとトランプをしてくれたりするときとは、全然、まるっきり違う。

おっかないほどの迫力《はくりょく》がある。

それも怒ったりする怖さじゃなくて、なんていうか、とても大事なことを一生懸命《けんめい》やっているんだから、いまはジャマをしてはダメだぞ、と無言で教えるような怖さだった。

立ち止まってしまったわたしに、工場長さんが耳打ちした。

「おじいちゃんに声をかける前に、ここでキサゲの説明をしてあげるよ」

わかってくれているんだ、わたしのココロを。そして、おじいちゃんの真剣《しんけん》さを。


おじいちゃんの仕事は、工作機械の最後の仕上げだった。

「キサゲっていうのは、思いきりわかりやすく言えば、金属の表面を削《けず》って平らにしていく作業のことなんだ」

刃《は》の幅の広いノミのようなキサゲという工具を使って、ちょっとずつ、ちょっとずつ、金属の表面を削り取っていく。

工場長さんの説明どおり、おじいちゃんの前には大きな鉄のかたまりがテーブルみたいに置いてある。おじいちゃんが持っているのは愛用のキサゲ――長い柄の端を右足の付け根のちょっと上のほうにあて、両手で柄の手前側を持って、グッグッグッと、手だけじゃなくて腰《こし》の力も使って、かたまりの表面を削り取っている。

ゆうべおばあちゃんに見せてもらったズボンを思いだした。生地が傷んでいたのは、たしかに、いま、キサゲの柄の端があたっている場所だった。

「でも……もう、平らになってるんじゃないんですか？」

わたしは小声で工場長さんに言った。

鉄のかたまりの表面は、ツルツルに見える。ピカピカに輝《かがや》いている。これのどこがデコボコしてるんだろう。かえって、よけいなことをしちゃうとヤバそうな気もするけど。

「目に見えるようなデコボコじゃないよ」

工場長さんはあきれ顔で笑った。

わたしたちが目で見てわかるようなデコボコは、機械を使えば平らにできる。

「でも、どんなに精密な機械でも、目に見えないデコボコやゆがみは、どうしても残っちゃうんだ」

「目に見えないって、どれくらいなんですか?」

「そうだなあ、五十センチで三マイクロメートルぐらいかな」

マイクロメートルというのは、ミクロンと同じで、一ミリの千分の一の長さ——って言われてもピンとこない。

「たとえば、人間の髪の毛の太さは五十から百マイクロメートルで、アルミホイルの厚《あつ》さは十二マイクロメートルなんだ」

つまり、三マイクロメートルは髪《かみ》の毛の十分の一よりもはるかに細いわけだ。

だったら、べつにそれくらいのデコボコは平気じゃん……と思っていたら、工場長さんは「とんでもない」と首を横に振った。「五十センチで三マイクロメートルもデコボコがあったら、工作機械としては使い物にならないんだ」

「そんなに厳しいんですか?」

「もちろんさ。だから、最後の最後は、イシさんたちに仕上げてもらわないとダメなんだ」

「え? ちょっと待って……ね、ってことは、おじいちゃんがキサゲで削り取るのって、三マイクロメートルよりも、もっと細いっていうか、薄《うす》いっていうか……」

信じられない!

だって、一本の髪の毛を縦《たて》に十等分したよりも、さらに細く、薄くなんて……。

ウソだ! そんなの、人間ワザじゃない!

しかも、キサゲによって平らにした表面には、一マイクロメートルから、せいぜい二マイクロメートルの微妙《びみょう》なデコボコが残っているらしい。「平らなんだけど平らじゃない」というフ

クザツな状態《じょうたい》に仕上げるわけだ。そうすれば潤滑油《じゅんかつゆ》がデコボコのボコのところに流れて、機械の動きがスムーズになる。

つまり、カンペキのカンペキに平らではダメで、でも誤差が出ないほどのマイクロメートル単位の平らさは必要で……。

そんな奇跡《きせき》のようなことをキサゲはやってのける。キサゲを扱う職人さんが、その奇跡を現実のものにするわけだ。

工場長さんは、にっこりと笑って言った。

「さっきも話したように、工作機械っていうのはすごいだろう？　だけど、工作機械を作る人間の技術は、もっと、もっと、もーっとすごいんだよ」

おじいちゃんはキサゲで削った表面をそっと指でなでる。

「目に見えるようなデコボコじゃないから、指の感触《かんしょく》で判断《はんだん》するんだ」——工場長さんは、すっかりガイドさんになってくれている。

ふつうは定盤《じょうばん》っていう規準《きじゅん》の平らな面に光明丹《こうみょうたん》っていう塗料《とりょう》を塗《ぬ》って、削っている途中の鉄板とこすり合わせて、チェックする。塗料がついたところはデコボコのデコの部分だから、そこをキサゲで削るわけだ。

「でも、イシさんぐらいの大ベテランになると、指でさわっただけで、ここがデコになってる、ってわかるんだよ」

すごい。

おじいちゃんは黙々と作業をする。グッとキサゲを押すリズムはずっと同じだ。刃をあてる角度も同じ。チャッ、チャッ、チャッ、チャッ、と表面を削る音は、なんだか音楽みたいにも聞こえる。

「よーく見てごらん、キサゲの柄《え》の太さや長さは職人さんによってそれぞれ違うだろ？　自分の体格《たいかく》や癖《くせ》を考えて、いちばん使いやすい長さや太さに調節してるんだ」

おじいちゃんのキサゲの柄は黒ずんで、うっすらとツヤが出ている。

「イシさんの柄は、これで三代目かな。二十年近く使ってるはずだ」

すごい、すごい。

おじいちゃんの横で一緒に作業をしていた背の高いお兄さんが、泣いちゃったヒデさんだった。

そのヒデさんが、「イシさん、ここお願いします」と場所を譲《ゆず》った。

おじいちゃんは、うん、と黙ってうなずいて、ヒデさんが削っていた箇所《かしょ》の仕上げを始めた。

「失敗して削りすぎちゃうと、ぜんぶおしまいだ。デコボコのボコができると、いままで仕上げたところもぜんぶ削り直していかなきゃいけないからな。ヒデもイシさんに鍛《きた》えられてだいぶ腕を上げたけど、まだまだ難しいところはイシさんに仕上げてもらわなくちゃいけないんだ」

仕上げをするおじいちゃんの姿を、ヒデさんは真剣な目で食い入るように見つめる。

手取り足取り教えるわけじゃない。おじいちゃんが一生懸命仕事をしているところをヒデさんに見せるだけだ。

でも、ヒデさんの目、すごく真剣だ。それはそうだよね。明日からは、もうおじいちゃんはいないんだから。

会話はほとんどない。でも、おじいちゃんは先生だ。無口で、怒ると怖そうだけど、ほんとうは優しい先生。

「ゆうべの送別会でヒデが泣いたって言っただろ？　あいつ、イシさんに手のひらを見せてください、って頼んだんだ。五十年近くキサゲを握りつづけてゴワゴワになったイシさんの手をじーっと見て、深々とおじぎをして、がんばります、って言って……それで泣きだしちゃったんだよなあ、あいつ」

おじいちゃんのキサゲが止まった。

よし、あとはおまえがやってみろ、とヒデさんに場所を譲った。

ヒデさんは緊張した表情で、おじいちゃんのものに比《くら》べるとまだ新しいキサゲの柄を握り直して、グッと押す。

よし、それでいいんだ、とおじいちゃんがうなずくと、ヒデさんは子どもみたいに顔をくしゃくしゃにして笑った。

おじいちゃんは照れくさそうに横を向いて——わたしと、やっと目が合った。

「……なんだ、エリカちゃん、来てたのか」

もっと照れくさそうな顔になる。

わたしは、もう、胸がいっぱいになって、言葉でなにかを伝える余裕《よゆう》もなくなってしまった。

だから、拍手《はくしゅ》をした。

手を一生懸命たたいた。

おじいちゃん、すごい、すごい、すごい、すごおおおおーいっ！

6・お父さんの作文

それからわたしは、ずっとおじいちゃんの仕事の様子を見つめていた。

工場長さんも、最初からそれがわかっていたみたいに、「じゃあ、オジサンはここで」と事務所に戻って、わたしを一人にしてくれた。

べつに話しかけたりするわけじゃないけど、なんていうか、おじいちゃんと同じ場所にいて、同じ時間を過ごすことが、わたしにとってとても大切な体験になりそうな気がしていた。いまのわたしというより、もうちょっと大きくなって、将来《しょうらい》の仕事なんかを真剣に考えるようになる頃のわたし――中学生かな、高校生かな、もっと大きくなってからなのかな、とにかくその頃まで、今日のできごとをぜーったいに忘れないぞ、と心に誓《ちか》った。

お昼休みになった。

工場長さんが迎えに来てくれた。

「エリカちゃん、食堂においで。いまからイシさんのお別れ式だから」

食堂に、工場のひとや事務所のひとや、本社の営業のひとたちが、みんな集まって、おじいちゃんにお別れをしてくれる。

「みんなで力を合わせて機械を作ってるんだから、みんな、仲間なんだよ」

一緒に働いているひとたちだけじゃない。

さっきから思っていた。

工場の機械たちだって――ゴツくて大きな機械が、いつのまにか、頼もしい友だちみたいに見えていた。

そして、できあがったばかりの工作機械は、生まれたての赤ちゃん。いろんな機械を作る工作機械は「マザー・マシン」と呼ぶんだと、おばあちゃんが言っていた。機械のお母さんが、

石川さんの定年

いま、生まれた。ってことは、工場で働くみんなは、お母さんの親——おじいちゃんやおばあちゃんってわけだ。

ウチのおじいちゃんは、たくさんの工作機械を作ってきた。その工作機械が、世界中の工場に送られて、もっとたくさんの機械を作ってきた。携帯電話も飛行機も、おじいちゃんの孫。わたしと同じ、なんだな……。

食堂を埋《う》め尽《つ》くしたみんなの拍手に迎えられて、おじいちゃんが入ってきた。

なんだか照れくさそうだ。わかる。おじいちゃんって、こういうの苦手なひとだし。

でも、いろんなひとから花束をもらうと、少しずつおじいちゃんの表情もゆるんできた。

早くも涙ぐんでしまったヒデさんから、みんなでお金を出し合った記念品をもらうときには、泣くなバカ、なんて笑いながらにらんだりして。

「えー、それで……ここで、サプライズがあります」

司会をつとめる工場長さんは、もったいぶったしぐさで封筒《ふうとう》を出して、そこからゆっくりと一枚の紙を取り出した。

「いまから三十年前のことです。当時、小学五年生だったイシさんの息子《むすこ》さんが、『父の日作文コンクール』で最優秀賞をとりました」

お父さんのこと——？

「本日のために息子さんに無理を言いまして、その作文を送っていただきました」

マジ——？

っていうか、コンクールのことなんか、いままで聞いたことなかったし。

「イシさんの定年にあたって、この作文をもう一度、イシさんに捧《ささ》げたいと思います」

拍手と歓声《かんせい》の中、工場長さんはゆっくりと、お父さんの子どもの頃の——わたしと同じ五年生の頃に書いた作文を読み上げた。

『お父さんのくん章』

ぼくのお父さんには、ひみつがあります。それは右足の付け根にあるので、ふだんはズボンにかくれて見えません。

お父さんの右足の付け根には、グリグリした固い、コブのようなものがあるのです。

左足のほうはスベスベしているのに、右足だけ固くなっているのです。コブのところはうっすらと黒くなっていて、ちょっとよごれているようにも見えます。

ぼくがまだ小さな子どもだったころは、「お父さんは病気なんだろうか」と思って、とても心配していました。

でも、それは、病気ではありません。よごれているのでもありません。

お父さんは、工場で働くキサゲ職人です。毎日毎日、キサゲのえを右足の付け根にあてて、固い鉄板や金ぞくで作った物の表面をけずっているのです。力を入れてキサゲのえを押しつづけているので、いつのまにか、えがあたるところがきたえられてコブになったのです。

黒ずんでいるのは内出血したアザが取れなくなったからだと言っていました。

ぼくはそれを聞いて、最初はお父さんがかわいそうだと思っていました。そんなに痛い思いをしなくてもすむ仕事は、他にもたくさんあるんじゃないかと思っていたのです。それに、はっきり言って、背広とネクタイで仕事をするビジネスマンのほうがカッコいいのになあ、という気もしていました。

でも、お父さんはぼくといっしょにお風呂に入ったとき、コブを見せてくれて、「これはお父さんのくん章なんだよ」と言いました。

「お父さんは毎日毎日、一生けん命がんばって仕事をしてるから、ここに神さまがくん章をつけてくれたんだよ」

そのときのお父さんは、とてもカッコよかったです。

ぼくは手先が不器用なので、お父さんと同じ職人さんにはなれないと思います。でも、ぼくもオトナになったら、お父さんみたいに一生けん命がんばって自分の仕事をやりたいです。

そして、ぼくが学校で勉強をしたり、放課後に友だちとソフトボールをしたりするときにも、お父さんはがんばって仕事をしているんだというのを、忘れずにいたいと思います。

お父さんの工場では、いろんな機械を作るための機械を作っています。自動車や、電車や、

テレビや、冷ぞう庫など、ぼくたちの身近にあるいろんな機械は、お父さんの工場で作った機械のおかげで作られたのです。

ぼくにはお父さんの仕事をお手伝《てつだ》いすることはできませんが、いろんなものを大切に使うことで、お父さんに恩返しをしたいと思います。今日は父の日です。お父さん、いつもありがとうございます。


食堂は割《わ》れるような大きな拍手に包まれた。

わたしも拍手をした。

子ども時代のお父さん、やるじゃん――。

で、やっぱり胸が締《し》めつけられた。

ごめんなさい。

おとといのこと、ほんとのほんとのほんとに、ごめんなさい……。


お父さんの作文を目をつぶって聞いていたおじいちゃんは、工場長さんが「では、最後にイシさんからのあいさつです」と言っても目をつぶったままだった。

「イシさん……？　あいさつ、よろしくお願いします」

うん、と小さくうなずいても、マイクを渡されても、まだ目を閉じたまま。

「……わしは、口べただだから……あいさつなんてできないんだが……」

目をつぶらなきゃ話せないんだ。

「とにかく、その……みんな、元気で、がんばってくれ……」

照れてる、照れてる。

「ものを作ることっていうのは……その、アレだ、うん……その、やっぱりな、すばらしいことだと思う……思うんだ、ほんとに……」

ふと見ると、工場のみんなも目をつぶっておじいちゃんの話を聞いていた。耳に全神経《ぜんしんけい》を集中させて。いや、心に集中させて。

「最後に……今日、孫に仕事をしているところを見せてやれて……よかった……」

おじいちゃんはそう言って、みんなに深々と頭を下げた。

拍手。拍手。拍手。拍手。拍手……。

大きくて温かい、まるでおじいちゃんの手のひらそのもののような拍手が、おじいちゃんに贈《おく》られた。

顔を上げたおじいちゃんは、目をしょぼしょぼさせていた。泣き笑いの顔になって、いやいやオトコは泣いても笑ってもいかんのだ、と自分を叱るようにくちびるをキュッと結んで、天井をにらみつけた。

そんなおじいちゃんの姿が、揺れながら、にじむ。

うそ、やだ、わたしまで泣いてる——？

気づいた瞬間《しゅんかん》、大粒《おおつぶ》の涙《なみだ》が頬《ほお》を伝って、ぽとん、と足元に落ちた。

お昼休みが終わると、おじいちゃんは最後の仕事をするために持ち場に向かった。

「ヒデ、いいか、最後の最後なんだから、しっかり見て、少しでも覚えるんだぞ」

おじいちゃんはもう、いつものガンコなベテラン職人の顔に戻っていた。

わたしは、おじいちゃんから預《あず》かったたくさんの花束を持って先に帰る。

ほんとうは夕方までおじいちゃんの仕事を見ていたかったけど、でも、やっぱり最後の最後は、邪魔者《じゃまもの》なし、だよね。

工場長さんに玄関《げんかん》まで送ってもらった。

「エリカちゃん、今日来てくれてありがとう。イシさんへのほんとうのサプライズは、エリカちゃんだよ」

優しいひとたちばかりだった。

工場には女のひとはあんまり多くなかったけど、わたし、オトナになったらこういうところで働きたいな、と思った。カクセー遺伝《いでん》っていうんだっけ、お父さんより手先は器用なほうだし。

工場の玄関を出ると、おばあちゃんが門の前で待ってくれていた。

お父さんとお母さんもいた。

「エリカ、どうだった？　おじいちゃんカッコよかったでしょ？」

お母さんが言った。

「今夜は、家族そろっておじいちゃんの『お疲れさま会』だぞ」

お父さんが言った。

わたしは花束を抱きかかえて、門に向かって歩きだした。

お父さん、聞いて。お母さん、聞いて。おばあちゃん、聞いてってば。

今日のできごと、なにから話そう。どこから聞いてもらおう。

歩きながら色とりどりの花束をギュッと抱きしめたら、空の上から飛行機の音が聞こえた。

おじいちゃんの作った機械で作った飛行機――わたしと同じ、おじいちゃんの孫。

飛行機を見上げて、おーい、わたしたち仲間なんだよー、と笑ったら、さっきまぶたの裏《うら》に残っていた涙が、じんわりとにじんだ。

重松 清（Shigematsu Kiyoshi）
一九六三年、岡山県生まれ。早稲田大学教育学部卒業。出版社勤務を経て執筆活動に。九一年『ビフォア・ラン』でデビュー。九九年「ナイフ」で坪田譲治文学賞、「エイジ」で山本周五郎賞、二〇〇一年「ビタミンF」で直木賞、一〇年「十字架」で吉川英治文学賞、一四年「ゼツメツ少年」で毎日出版文化賞を受賞。現代の家族を描くことを大きなテーマとし、話題作を次々に発表。『流星ワゴン』『疾走』『小学五年生』『ひこばえ』『カレーライス　教室で出会った重松清』『ルビィ』『ハレルヤ！』『めだか、太平洋を往け』『はるか、ブレーメン』『カモナマイハウス』など小説作品多数。また『希望の地図２０１８』など、ドキュメントノベルやルポ、エッセイも手掛ける。

はまのゆか（Hamano Yuka）
一九七九年、大阪府生まれ。京都精華大学・マンガ専攻卒業。オリジナル絵本に、『さわってもいい？』『すくすく　いのち』など。イラストレーション作品に『新　13歳のハローワーク』『13歳の進路』（ともに村上龍著）。ＰＶイラストレーション作品に「泣いたりしないで」（福山雅治）。「Thank you!! ポスター」が第一三回文化庁メディア芸術祭・審査委員会推薦作品（マンガ部門）に、「2007 mamechan calendar」で第三六回日本漫画家協会賞・特別賞を受賞。
ＨＰ http://www.hamanoyuka.net/

おじいちゃんの大切な一日

二〇一一年五月二五日　第一刷発行
二〇二三年九月十五日　第六刷発行

著者　重松 清　はまのゆか・絵
発行者　見城 徹
発行所　株式会社 幻冬舎
〒一五一―〇〇五一　東京都渋谷区千駄ヶ谷四―九―七
電話　〇三―五四一一―六二一一（編集）
　　　〇三―五四一一―六二二二（営業）
　　　公式ＨＰ：https://www.gentosha.co.jp/
印刷・製本所　中央精版印刷株式会社
装丁　平川 彰（幻冬舎デザイン室）
本文デザイン　稲葉晴世

この作品は二〇一一年五月に小社より刊行されたものを改訂しております。

検印廃止

万一、落丁乱丁のある場合は送料小社負担でお取替致します。小社宛にお送り下さい。本書の一部あるいは全部を無断で複写複製することは、法律で認められた場合を除き、著作権の侵害となります。
定価はカバーに表示してあります。

ISBN978-4-344-01994-2　C0071

この本に関するご意見・ご感想は、
左記アンケートフォームからお寄せください。
https://www.gentosha.co.jp/e/